LA FERTÉ-MILON

(AISNE)

SOUVENIRS HISTORIQUES

ET

MONUMENTS

PAR

Maurice LECOMTE

LICENCIÉ EN DROIT

MEMBRE DE LA SOCIÉTÉ HISTORIQUE ET ARCHÉOLOGIQUE
DU GATINAIS

LA FERTÉ-MILON

LIBRAIRIE BÉFORT-DUPUIS

—

1899

(Deuxième centenaire de la mort de Jean Racine.)

LA FERTÉ-MILON

(AISNE)

SOUVENIRS HISTORIQUES

ET

MONUMENTS

PAR

Maurice LECOMTE

LICENCIÉ EN DROIT·
MEMBRE DE LA SOCIÉTÉ HISTORIQUE ET ARCHÉOLOGIQUE
DU GATINAIS

LA FERTÉ-MILON

LIBRAIRIE BÉFORT-DUPUIS

1899
(Deuxième centenaire de la mort de Jean Racine.)

LA FERTÉ-MILON

(AISNE)

SOUVENIRS HISTORIQUES & MONUMENTS

La Ferté-Milon [1], commune d'environ 1,600 habitants, sur la rivière d'Ourcq, canalisée, est située sur la voie ferrée de Paris à Reims, à 80 kilomètres de Paris, et dans le canton de Neuilly-Saint-Front et l'arrondissement de Château-Thierry. Le voisinage de la forêt de Villers-Cotterets et l'intérêt de monuments curieux en font un lieu d'excursion des plus agréables.

C'était jadis une châtellenie dépendant du comté, puis duché de Valois, région enserrée entre la Champagne, le Beauvaisis, la Brie, l'Ile de France et le Soissonnais.

L'origine historique de La Ferté-Milon, ou La Ferté-sur-Ourcq, est féodale et paraît dater de l'époque franque. Les châtelains sont connus dès le xiᵉ siècle, et l'une des plus anciennes mentions de cette localité dans l'histoire est relative au passage des reliques de sainte Geneviève, en 851 et 884.

1. La présente notice est une réimpression, sauf quelques modifications, d'une partie de la brochure que j'ai publiée en 1895, sous ce titre : *La Ferté-Milon (Aisne). Histoire et Monuments* (in-8°, 20 p.). — Les illustrations ont été faites à l'aide de photographies prises par M. BÉFORT-DUPUIS, libraire à La Ferté-Milon.

Les armoiries de la ville sont incertaines, mais les plus accréditées sont : d'azur à un château de deux tours d'argent, ouvert, maçonné et ajouré de sable. On cite encore les suivantes : 1º d'azur à la salamandre couronnée, environnée de flammes, avec la devise *Nutrisco et extinguo* : armes que François Ier fit placer sur la tour rétablie sous son règne à l'entrée de la ville, vers la rivière, tour aujourd'hui détruite; 2º d'azur au crocodile à 40 pieds, passant, d'argent.

Le plus remarquable monument de la ville est son CHATEAU-FORT.

L'établissement féodal consistait d'abord en deux enceintes, dont l'une, triangulaire, *cingulum majus*, renfermait la seconde, *cingulum minus*, décrite par de fortes murailles, au milieu de laquelle s'élevait le donjon.

Louis d'Orléans fit, en 1393-1394, « rebastir et eslèver sur les vieux et anciens fondemens... un assez beau chasteau » et maintenir et consolider le grand mur d'enceinte, autour duquel on compte vingt-quatre tourelles occupant chacune 70 mètres carrés. Cette ceinture présentait quatre portes flanquées de deux tours : à l'entrée de la ville-basse, sur la rivière; à l'entrée du faubourg de la Pescherie; au faubourg du Vieux-Marché; vers la plaine, au chemin haut de Bourneville. Les murailles étaient défendues dans le bas par la rivière, d'autres parts par de larges fossés. L'église Notre-Dame était dans la grande enceinte, ainsi que l'hôtel du châtelain. La petite enceinte renfermait la chapelle Saint-Sébastien, plus tard chapelle Saint-Vulgis.

Les quatre portes étaient précédées de fausses

FAÇADE DU CHATEAU-FORT (vers l'ouest).

portes : une à Saint-Vaast, une en haut du marché, trois dans la chaussée, au-dessus de l'impasse du château (rue des Maillets), entre l'église Saint-Nicolas et La Madeleine et en face la ruelle Porte-aux-Lettres (allée des Soupirs).

Des vingt-quatre tourelles, il en reste treize. Celle située à l'entrée de la ville a servi de mairie jusqu'au 1er juin 1756. Une tour de la porte Saint-Vaast s'est écroulée en 1745. La poterne du chemin haut de Bourneville a disparu en 1785; celle de Saint-Vaast a été renfermée en mai 1796.

Le monument élevé par Louis d'Orléans était majestueux et formidable. « Les constructions furent soudainement abandonnez comme plusieurs autres siennes entreprises. » Le pan de mur qui, vers la ville, présente la régulière série de pierres de saillie prêtes à recevoir un raccordement, exprime bien l'idée d'inachèvement. La façade, vers l'occident, d'une étendue de 102 mètres, est bien conservée. Au centre, la porte principale avec herse et pont-levis, surmontée d'un superbe frontispice. Deux grosses tours à angles l'accompagnent; une courtine robuste relie celle de gauche à la massive tour carrée de l'angle nord-ouest, dite *Tour du Roi,* qui commande la vallée, descend sa base jusqu'au-dessous de la rue de Meaux et développe une hauteur d'environ 65 mètres, desservie par un escalier en spirale, dont la cage est vide depuis le niveau de la cour du château jusqu'au sommet. La partie inférieure est comblée. Une échauguette est suspendue à l'angle du sommet.

Une courtine relie la tour de droite à une moindre tour ronde qui forme l'angle sud-ouest du château

et d'où part le mur d'enceinte. Celui-ci parcourt
un kilomètre en dessinant un triangle et se relie à
la *Tour du Roi*.

Aux quatre tours, quatre niches fleuronnées
renferment les statues, mutilées, en pierre, de

PORTE PRINCIPALE DU CHATEAU (vers l'ouest).

preuses. Au-dessous, l'écusson de Louis d'Orléans
supporté par deux génies : de France, brisé d'un
lambel à trois pendants.

Au frontispice, beau morceau de sculpture riche-
ment encadré : une femme et un enfant dans une

attitude suppliante devant Dieu qui, de la main
droite, bénit, et, de la gauche, tient appuyé le globe
sur un genou. Derrière les suppliants, trois anges
debout. Une colombe couronne le sujet.

Le congrès archéologique de 1887, qui sous la
conduite de M. Louis Courajod, conservateur au
musée du Louvre, visita les ruines, reconnut bien
dans le sujet du bas-relief le *Couronnement de la
Vierge*. M. Courajod pensa que l'auteur en était
Jean de Liège, et que cette œuvre, la première de
la Renaissance française, était antérieure à ce qu'a
produit la Renaissance italienne. M. Frédéric Hen-
riet analysa l'œuvre d'après le moulage qui fut
reproduit et exposé au Trocadéro, et ne crut pas
pouvoir y trouver trace d'influence flamande. Le
« goût sobre et pur » et le « style élevé » du bas-
relief le lui firent attribuer à « l'École de l'Ile-de-
France, à laquelle nous devons les plus beaux types
du xiii° au xv° siècle et dont les productions nous
paraissent bien supérieures à celles des écoles de
Flandre et de la Bourgogne ».

Il fut en outre bien reconnu que le personnage
magistralement assis, qui prononce le « *Veni, coro-
naberis* », n'est pas Jésus-Christ, partout représenté
tenant d'une main, ouvert, le livre des Évangiles
et, de l'autre, bénissant, mais Dieu le Père, la
main posée sur le globe terrestre, suivant l'habi-
tude constamment observée.

Les appartements du château comptaient rez-de-
chaussée et deux étages; la division horizontale
apparaît encore.

A 28 mètres de hauteur, sommet des courtines
et des tours, on voit un étage de mâchicoulis, cou-

vert autrefois d'un chemin de ronde fermé et peut-
être aussi d'un étage de créneaux et meurtrières.

Les murs ont à la base 18 mètres d'épaisseur.
Des barbacanes ouvertes à l'extérieur attestent
qu'il y eut sous les courtines une galerie.

On ne voit plus qu'un des deux étages de salles
et galeries qui ont dû composer le sous-sol. Ces
salles dallées ont en moyenne 3^m 50 de hauteur et
voûtes ogivales. Il n'y a plus trace de peintures
murales qui y *auraient* existé.

Le monument a été construit avec de la pierre
prise à 500 mètres, vers Marolles, au Fossé-Rouge.

Le château, pris par des bandits, en 1589, fut
repris par les bourgeois, puis par les Ligueurs,
dont le chef, Antoine de Saint-Chamans, refusa de
se rendre au duc d'Épernon, envoyé en mars 1591
par Henri IV pour soumettre La Ferté-Milon et
Pierrefonds. Gontaut-Biron, en 1591, et le roi, le
11 janvier 1594, ne furent pas plus heureux. Saint-
Chamans, après un autre siège, se rendit, ainsi que
le château et la ville, à Henri IV, le 14 septembre.
Celui-ci fit démolir la forteresse par de Belleau,
sous la surveillance du capitaine *Laruine* (7 nov.-
25 déc. 1594).

La ville garda néanmoins des murailles et sou-
tint, en octobre 1652, pendant la Fronde, un rude
siège dirigé par le duc de Lorraine, et fut prise et
saccagée.

Le château de La Ferté-Milon, monument historique, semble devoir rester dans son respectable
linceul de poussière et de ruines. Il faut applaudir
au soin de la municipalité milonaise à entretenir
cette résurrection du génie d'un autre âge.

ÉGLISE NOTRE-DAME

(Monument historique depuis février 1843).

Élevée à mi-côte, dans la grande enceinte du château, jadis *Chapelle Fouquet*, elle paraît conserver du XIIIᵉ siècle quelques piliers carrés du collatéral gauche. Ceux du collatéral droit, élancés, à base octogone, datent de 1528. A cette date, on construisit, mais la nef, le chœur et les collatéraux en restèrent aux entablements. Une charpente en bois et une voûte en planches, avec entraits apparents, consommèrent l'œuvre (XVIIᵉ siècle). *Catherine de Médicis,* adapta, en 1563, un sanctuaire à chevet demi-circulaire, percé de cinq larges fenêtres, et attribué à Philibert Delorme. Trois bandeaux plats, à figures et fleurons, se réunissent à l'axe de la voûte hémisphérique. A l'extrémité est du bas-côté nord (partie rétablie en 1767) est l'autel dédié, le 10 janvier 1529, à *saint Vaast,* par Jean de Pleurs, évêque de Soissons. Sous le chevet, une chapelle demi-circulaire, à trois fenêtres, dont une à meneaux est de plain pied avec le sol extérieur et communique avec l'église par un escalier qui aboutit à l'autel Saint-Vaast. La voûte est intéressante par ses nervures et enlacements.

Le *portail* (XIIIᵉ siècle) est flanqué à chaque côté de trois colonnettes séparées par des pilastres angulaires, en retraite et offrant des chapiteaux à crochets. Au-dessus de l'ogive, une rosace. A droite du portail, une *tour* carrée d'une hauteur totale de

26 mètres, dont le bas appartient à l'ogival flamboyant. Chaque face offre deux larges et hautes baies à plein cintre, séparées par un meneau, remplies de six auvents et enguirlandées de pancarpes

Église Notre-Dame (ville haute; côté sud-est).

de choux frisés. La corniche porte des balustrades découpées en X reliant quatre tourelles à clochetons construites en 1563. Un clocher central en poinçon domine la tour. Quatre niches, privées de leurs statues des quatre évangélistes, sont couronnées de dais finement fleuronnés.

On utilisa, en 1859, les pierres de voussures, disposées en 1528, à la naissance des arcades. L'ogive, naguère en planches du bas-côté droit, a maintenant nervures, boudins, diagonales. Restauration semblable avait eu lieu au bas-côté gauche peu d'années avant.

En 1750, le dallage en pierres tombales fut recouvert d'un carrelage en pierres d'Ancienville. Le tabernacle et le gradin, bénits le 14 décembre 1750, sont en marbre. Le baptême de Clovis par saint Remy, auquel assistent saint Vaast et saint Vulgis, est le sujet d'un tableau.

Le *Cimetière,* dit *des Innocents,* qui entourait l'église, bénit le 8 mai 1661, par Charles III de Bourlon, évêque de Soissons, a été interdit dès le 1er janvier 1812.

Sur la place voisine, une croix de pierre supportant un pupitre où l'évangile était chanté le jour des Rameaux, a laissé place à une fontaine, d'où s'élève un piédestal surmonté d'un buste de Racine.

A défaut de composition harmonieuse, l'église Notre-Dame a de beaux vitraux, d'une exécution franche et d'un coloris pur, la plupart du xvie siècle.

Collatéral Nord. — Fragment : deux évêques ou abbés debout, mitrés et crossés; mitres déprimées, triangulaires; chasubles relevées sur les bras (xive ou xve siècle).

Autel Saint-Vaast. — Fenêtre flamboyante, à meneau prismatique, formant deux ogives trilobées : légende de saint Hubert. A la rosace supérieure, le Père Éternel.

A droite du sanctuaire : le Sacrifice d'Abraham en trois sujets et un anachorète (saint Vulgis ?)

Chapelle de la Sainte-Vierge. — Neuf sujets répartis dans une fenêtre flamboyante, divisée en trois baies ogivales par deux meneaux prismatiques, surmontés d'accolades : Le Père Éternel; deux anges portant la colonne de la flagellation et la croix; Jésus au pied de la croix sur les genoux de Marie; saint Jérôme et le lion; Jésus tombé à l'entrée de Jérusalem, à laquelle le peintre verrier a donné l'architecture militaire du moyen âge; Jésus en croix entre les deux larrons; résurrection; enfin, un chevalier priant, près de saint Jacques de Compostelle, et une princesse près de saint Jean. Ce sont : Jacques de Bonneval, bâtard de Vendôme, gouverneur de Valois, avec les armes de France brisées de deux bâtons de gueules, croisés en sautoir, la date de 1526 (placement du vitrail) et une inscription; et Jeanne de Rubempré, veuve, avec blason en losange (signe de veuvage), parti Bourbon-Vendôme, parti de Rubempré. Le troisième panneau représente sept jeunes gens et sept jeunes filles, à genoux, priant. Le mariage Vendôme-Rubempré n'eut pas quatorze enfants.

Parmi les *curés de Notre-Dame,* signalons *Nicolas Colletet* (1626-1644), qui écrivit et signa l'acte de baptême de Racine.

ÉGLISE SAINT-NICOLAS

(Rue de la Chaussée.)

Cette église, située près de la station, fut dédiée en 1491 et dotée dans la seconde moitié du xvᵉ siècle de huit grandes et riches verrières.

Louis XIV l'aurait visitée avec sa suite, en 1654, et le diable rouge du septième vitrail et le cardinal Mazarin auraient été plaisamment rapprochés.

Les vitraux de Saint-Nicolas ont été morcelés et déplacés maladroitement. On remarque les deux verrières du collatéral droit reproduisant l'Apocalypse, en dix-sept médaillons ; la date de 1598 et les deux écussons de gueules à chevron d'argent et trois besants d'or, sur le premier vitrail à gauche du sanctuaire ; la date de 1542 sur le deuxième vitrail du même côté ; celle de 1575 et les initiales I. P. en un médaillon représentant un prêtre à genoux, au premier vitrail à droite du sanctuaire.

La furie révolutionnaire de 1793 épargna ces vitraux que le sonneur Dubois avait blanchis à la chaux pour les dissimuler. Sa femme cacha chez elle les ornements d'autel et les habits sacerdotaux.

Les cloches ne furent pas descendues de leur curieux clocher Renaissance.

Après la Révolution, Saint-Nicolas fut garni d'objets venant du couvent de Saint-Michel : l'autel, le tabernacle, les deux anges d'entrée du chœur, le banc d'œuvre Louis XV orné des statues de saint Michel et de sainte Claire, le tableau représentant l'Adoration des bergers, et le lutrin en fer forgé. Quant aux apôtres saint Pierre et saint Paul, dans

ÉGLISE SAINT-NICOLAS (vue du sud-ouest).

le chœur, ils viennent du couvent de Bourgfontaine.

Le tableau sur bois, qui est au banc d'œuvre et représente Jésus disant à ses disciples : « Laissez venir à moi les petits enfants » est attribué à Fréminet (xvie siècle), et a été donné par le général Dumas.

La table en bois doré, à marbre rouge, dans le chœur, et le confessionnal, sont Louis XV.

On remarque aussi dans le chœur un lutrin en fer forgé, deux anciens bâtons de chantre, et deux statues en bois.

Ce lutrin et ces statues proviennent de la *Chartreuse de Bourgfontaine,* qui fut fondée vers 1320, dans le voisinage de La Ferté, à Charcy.

D'autres souvenirs de l'église de ce couvent furent dispersés ailleurs. Le maître-autel, spécimen de la sculpture sur bois au xviie siècle, était à l'institution Saint-Charles de Chauny et fut brûlé dans l'incendie de cette maison, il y a quelques années.

D'intéressants panneaux sculptés ont été retrouvés à Meaux et décrits par M. l'abbé E. Jouy dans le *Bulletin de la Conférence d'histoire du diocèse de Meaux,* avec dessins.

Dans le voisinage de la Chartreuse, s'éleva autrefois une église, dite *Notre-Dame de Bourcq,* qui fut interdite en 1748 et démolie peu après. Le lieu dit *La Chapelle* en est un souvenir. Le paysagiste Eugène Lavieille a très heureusement retracé les pittoresques sites de Bourcq (Salon de 1859).

Près de l'église Saint-Nicolas, se trouvaient : le couvent bénédictin de La Madeleine, dont il ne restait à la fin du xviii° siècle qu'une tour; le couvent de Saint-Michel, qui fut transformé pendant la Révolution en magasins militaires, et sur l'emplacement duquel est une maison particulière dite Saint-Michel, près et au nord de la station du chemin de fer.

L'*Hôtel-Dieu*, situé au pied de la Ville haute, a pour origine une maison de charité fondée à la fin du xii° siècle et occupa les emplacements successifs suivants : au couvent de Saint-Michel; rue du Lion, en 1552; rue Pomparde, vers 1600, où il est encore. La construction actuelle date de 1858.

Le *Grenier à sel*, qui remonte à 1397, occupa une maison 14, rue de Reims, en face la ruelle du Four-Banal, attenant au logis de Racine-Gosset, aïeul du poète; puis, avant 1600, une maison rue du Bourg ou du Marché-au-Blé, vendue, le 7 juin 1624, par l'aïeul de Jean Racine à Pierre Vitart, procureur; enfin, à l'angle de la rue Pomparde et de la ruelle des Pierres.

Le *Moulin*, au centre de la ville, est fort ancien. On y travailla le drap et l'huile dès le xv° siècle.

La ville eut au xviii° siècle des manufactures de chapeaux, poudre, amidon et serge, de nombreux métiers de tisserands, des blanchisseries, tanneries-corroieries, briqueteries, bonneteries, des exploitations de tourbières et des extractions de pierres dures.

Dans une maison sise rue de Meaux, précédemment rue de Reims, est la *Salle d'asile*, ouverte en 1854 et bénie en 1856. Cette maison fut achetée le 13 mai 1695 par Claude Racine, oncle du poète.

La rue des Juifs rappelle un comptoir de change qui y était tenu par les juifs.

Le Vieux-Marché, faubourg supérieur de la ville, rappelle un marché qui fut abandonné au XVIIe siècle.

Les Templiers, établis entre les rues des Juifs, des Bouchers, de Reims et l'église Notre-Dame, avaient une église dont il ne reste plus rien.

La *rivière d'Ourcq* prend sa source près de Fère-en-Tardenois et se jette dans la Marne. Le projet de canalisation remonte à François Ier, qui accorda, en 1526, au prévôt des marchands et aux échevins de Paris, le droit d'entreprendre et faire toutes avances pour les travaux et de percevoir un droit d'octroi sur le vin qui serait transporté par cette voie. Les travaux ne commencèrent qu'en 1562, sous les auspices de Catherine de Médicis. En 1564, les premiers bateaux-flûtes partirent de La Ferté, après le spectacle du « Mystère de sainte Marguerite avec personnages » joué dans la cour du château. On abandonna le canal de 1580 en 1632; des réparations furent faites et la navigation reprit en 1636 et dure encore.

La *Compagnie des arquebusiers* reçut ses lettres de confirmation en 1612. Jean Fournier, notaire, lui donna un drapeau, bénit le 4 septembre 1679, par le curé de Saint-Nicolas.

Les *Picmards* de La Ferté-Milon — tel était le surnom de ces tireurs — ne craignaient pas les dormeurs de Compiègne, les soupiers de Pont, les besaciers de Senlis, les bailleurs de Soissons, les veaux de Vailly, les vachers de Chauny, les fous de Neuilly, les cochons de Crépy, les frico-teurs de Vic-sur-Aisne, et n'avaient d'égaux que les corbeaux de Braine, gagnèrent, en 1700, le prix général de Charenton. Les tireurs milonais remportèrent, le 3 septembre 1718, sept prix contre vingt-trois compagnies étrangères formant cent quatre-vingt-onze tireurs. Supprimée en 1735, rétablie en 1751, la compagnie fit bénir son guidon le 22 mai 1752 et délivra le bouquet en 1778, au coup le plus près fait par l'une des provinces de Champagne ou de Picardie. Uniforme : veste de drap écarlate, parements et revers verts ; boutons, galons d'or sur les manches, culotte de drap couleur ventre de biche et boutonnières d'or.

Une *Société d'arbalétriers*, organisée en 1763, dans les jardins du collège, prit part à un grand prix, en 1764, et disparut à la Révolution. Une autre, formée en 1819, eut son siège au vieux château. Le roi de l'oiseau était président de droit. En 1862, une nouvelle compagnie institua un tir ruelle Porte-aux-Lettres (allée des Soupirs) sous la présidence de M. Godart, inspecteur des ports de l'Ourcq.

Les compagnies d'*archers* avaient pour patron saint Sébastien. Celles du Valois eurent pour président l'abbé de Saint-Médard de Soissons. La Ferté-Milon eut trois compagnies, dont l'une avait son siège et sa cible au château. L'une fut fondée en 1859. Chacune avait son costume particulier. Il se tint au château, le 16 mai 1858, un bouquet provincial avec prix général, auquel prirent part quarante-huit compagnies (mille tireurs).

LA FERTÉ-MILON ET PORT-ROYAL

De bonne heure, on constate des rapports entre La Ferté-Milon et l'abbaye de Port-Royal-des-Champs.

Au XVII° siècle, plusieurs milonaises, Suzanne Desmoulins, Marie Barillon et Anne Passart, entrèrent en religion à Port-Royal; Lancelot, Antoine Le Maître et de Séricourt, exilés, trouvèrent asile à La Ferté, dans la famille Vitart, en juillet 1638 et août 1639; Nicolas Vitart, conseiller du roi et procureur à La Ferté, se retira en 1640, avec sa femme et ses enfants, à Port-Royal; Agnès Racine, nièce de Suzanne Desmoulins, y fit profession, en 1648, sous le nom d'Agnès de Sainte-Thècle.

LES RACINE — LA SOCIÉTÉ RACINIENNE

En 1508, apparaît un Jean Racine, notaire milonais; à la fin du même siècle (XVI°), un autre Jean Racine, marié à Anne Gosset, et receveur des greniers à sel de La Ferté et de Crépy. Ces époux eurent quatre enfants, dont un fils Jean qui eut de Marie Desmoulins huit enfants. Le troisième Jean épousa Jeanne Sconin, le 13 septembre 1638. De cette union naquirent *Jean*, le poète, le 22 décembre 1639, et une fille Marie, plus tard Mme Rivière. L'acte de baptême de *Jean Racine* se voit encore aux archives de l'état civil de La Ferté. Plusieurs maisons ont revendiqué l'honneur de l'avoir vu naître : 3, rue Saint-Vaast (on y voit un

STATUE DE JEAN RACINE, par DAVID D'ANGERS.

bas-relief en pierre, elle appartint à Sconin, aïeul maternel); rue Jean-Racine, 17 et 25; rue des Juifs, 4; rue de Meaux, 21; rue Pomparde, 1, 3, et emplacement de l'Hôtel-Dieu; rue Saint-Vaast, 4.

Au centre de la ville, contre la Mairie, le passant remarque une statue en marbre blanc. C'est l'homme de la pensée, du génie. Il porte le costume dont les Anciens drapaient héros et poètes. Le statuaire David d'Angers revêtit l'illustre poète de la riche chlamyde dont volontiers l'on couvre Homère, Virgile, Le Tasse. Racine a la chevelure monumentale de son époque; une figure douce et noble, toute de réflexion. La main gauche porte la tablette qui reçoit ses pensées, et la droite, d'une énergique pression, retient sur la poitrine le haut de la draperie dont un pan, dans une retombée paresseuse, laisse à découvert les pieds nus. Un cippe supporte une coupe et présente les titres de gloire du poète. Une couronne laisse à peine lire ses premières œuvres.

La statue, offerte par Louis XVIII, fut inaugurée le 29 septembre 1833.

En 1841, fut fondée une société littéraire, dite *Société Racinienne*. Béranger en refusa la présidence; le duc de Poix l'accepta. Il y eut des membres illustres, un congrès annuel, des mémoires couronnés, des récompenses décernées. La société n'existe plus depuis 1847.

Le nom de Racine est un nom illustre entre tous, le plus grand que La Ferté-Milon puisse inscrire dans ses annales, et l'un des plus grands de toutes les littératures.

FONTAINEBLEAU

Maurice BOURGES, imprimeur breveté.

70

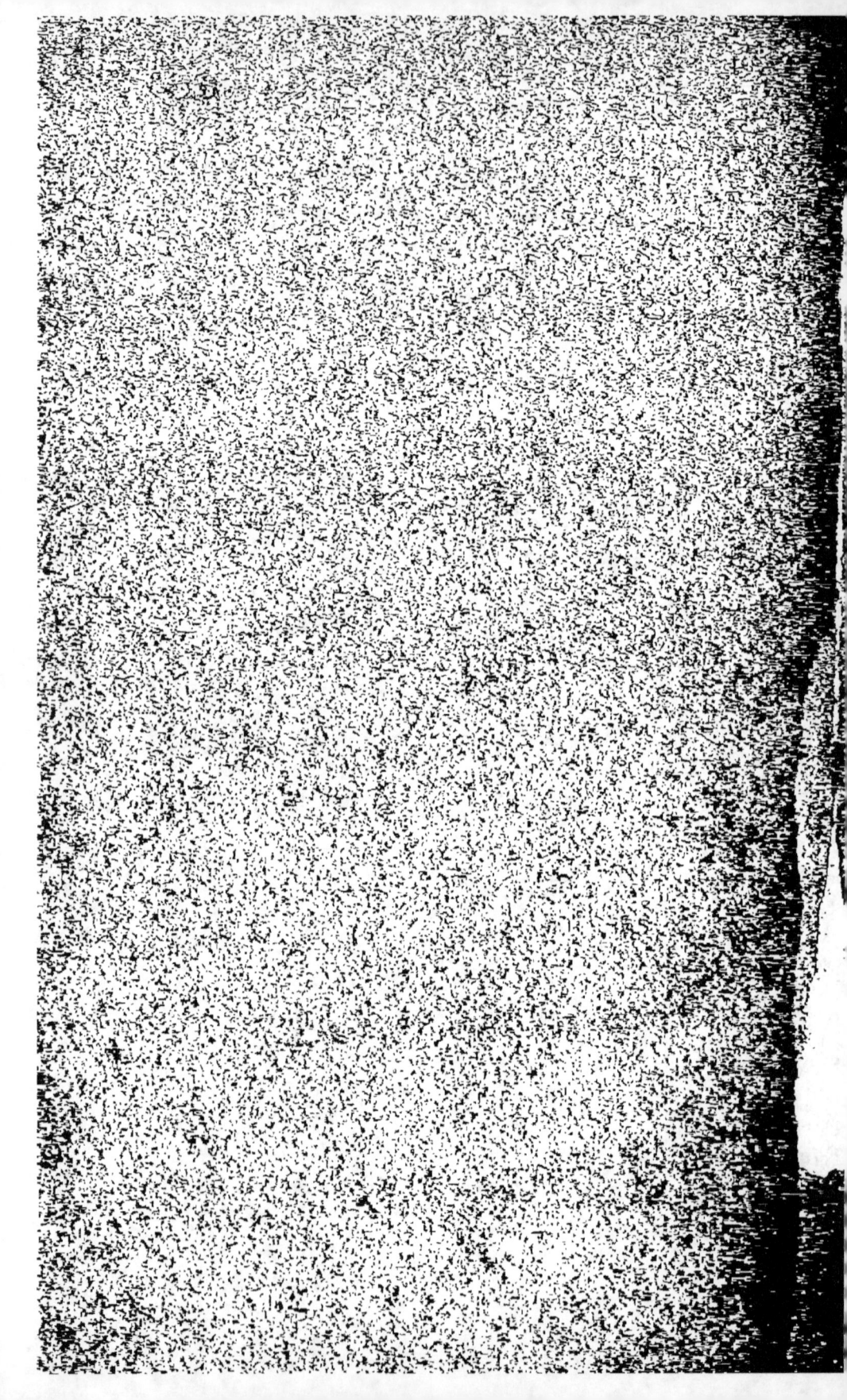

www.ingramcontent.com/pod-product-compliance
Lightning Source LLC
Chambersburg PA
CBHW061632180626
46818CB00005B/2341